心光爱悦

择轩

随感

李择轩 著

中国商务出版社
CHINA COMMERCE AND TRADE PRESS

图书在版编目（CIP）数据

　　心光爱悦：择轩随感 / 李择轩著. —北京：中国商务出版社，2021.3（2023.3重印）

　　ISBN 978 - 7 - 5103 - 3738 - 3

　　Ⅰ. ①心… Ⅱ. ①李… Ⅲ. ①随笔 - 作品集 - 中国 - 当代 Ⅳ. ①I267.1

　　中国版本图书馆 CIP 数据核字（2021）第 028995 号

心光爱悦——择轩随感

XINGUANG AIYUE——ZEXUAN SUIGAN

李择轩　著

出版发行： 中国商务出版社

社　　址： 北京市东城区安定门外大街东后巷 28 号　邮编：100710

网　　址： http://www.cctpress.com

电　　话： 010 - 64212247（总编室）　010 - 64218072（事业部）
　　　　　　 010 - 64208388（发行部）　010 - 64515137（事业部）

排　　版： 北京墨知缘文化传媒有限公司

印　　刷： 河北赛文印刷有限公司

开　　本： 710 毫米 × 1000 毫米　　1/16

印　　张： 12

版　　次： 2021 年 11 月第 1 版　　　**印　　次：** 2023 年 3 月第 2 次印刷

字　　数： 150 千字　　　　　　　　**定　　价：** 58.00 元

目 录 ◎

文字　　1

享受　　3

爱是我心中永远不灭的光芒　　4

感恩生命中的每一个你　　5

做　　7

为什么你改变不了自己的命运？　　9

度量　　10

远离一切上瘾的事物　　11

梦想　　13

我/你　　15

成就与福德　　17

我不知道　　19

自卑　　21

没有你　　23

无论怎样　　25

何为爱？　　26

洗脑　　27

救众小感　　28

成长　　30

青春　　31

标准　　32

平静的开心，踏实的幸福　　34

找寻　　37

爱情　　39

缘起　　40

◎ 目 录

41 留下点什么

43 爱的真谛

44 我

45 当

46 金刚力、慈悲心、无畏

47 失

49 依然

50 我们的爱

52 依靠·依赖

54 有一种

55 沉默

57 逃避选择

61 放下面子

64 为意愿买单

66 勇于面对自我

68 自律

69 我就是你

70 塑造

72 感受自己

74 关于财富

76 也许

78 穷人与富人的区别

80 想说做自己

81 约定

84 我只是我，一个真实的我

目　录 ◎

我愿意　　86

燃烧吧，我自己　　88

有时候，离开不是不爱了，而是找不到爱下去的理由　　90

你和我　　94

梦想的路上永不退转　　96

流沙　　98

人生是选择的妙数　　99

师徒小感　　101

师　　102

劝缘　　103

舍得　　106

重生　　107

抗拒　　109

学会理智客观善良地面对一切　　111

树与花　　114

随缘　　116

情化愿　　118

致重生的自己　　119

何为道　　122

请真诚地感恩与臣服　　124

情关　　125

在无尽中活着　　127

平常·平凡　　129

我感动了自己　　131

你知道吗？　　133

◎ 目 录

135　人的生命状态

138　亲子体用论

139　面子

141　灿烂方能普照

142　眼睛

144　芳华重生

146　在一起

148　成长

149　泪水

151　人生就是一本故事

152　假装

154　择轩感悟

155　真正的爱

157　情

159　送给迷茫的年轻人

162　信念

164　贫

167　痛而生慧，信而绽放

170　个人生命价值完整呈现与自己连接的九个步骤

172　透析金钱的本质

174　使命

176　扩容主机

177　照镜子

178　关于臣服的分别之念

180　成熟与不成熟的人

文字

—————

2015-04-20

軒

————————————

①

写东西的时刻是我生命流动的存在

提笔写下
流水的字样

掇笔
我拿起手稿
用心品读

每每至此
我的心如溪水潺潺流淌

感受自己心的徜徉
闻到自己飞翔的气息
我为每一刻的自己感动的凝止
瞬间的记忆

感恩
自己用这样的形式来让生命流淌
让自己化成文字的有形
让生命来记忆

感恩
让自己化成文字的无形
让碰触文字的人流进自己的心田

文字是我心田中潺潺的小溪
是我心间潺潺的小瀑布
流经我的身体
由心而出
流向你的心海和心湖

享受

———————

2017-01-28

軒

————————————

❷

生命是享受一切的过程

爱与被爱为一体
得（收）与失（发）为一体

这样才能享受财富
享受生活
享受生命

享受才是一切的真谛

爱
是我心中
永远不灭的光芒

軒

———

无论何时
无论何地
无论何因
无论何人

都改变不了我爱的动力
都改变不了我爱的状态
都改变不了我爱的行为

因为
爱是我心中永远不灭的光芒

感恩
生命中的
每一个你

———————

2020-02-28

———————————

是你让我的心安定、踏实
是你让我的心俱足、丰盈
是你让我的心平静、祥和
是你让我的思绪沉淀智慧
是你让我看到熠熠发光的自己
是你让我见到一个超越的自己
是你让我生命中的每一个细胞都闪闪发光
是你让我身体里的每一个细胞都开始微笑
是你让我的心学会宁和，绽放灿烂

感恩你，感恩我生命中的每一个你

生命中的每一个你
用不同的方式
让我知道
敞开自己的心灵
放下所有的芥蒂、成见
打开枷锁
撕下面具
走出过去，活在当下，坦然未来
能量即刻随来
一切都将改变
爱、祥和、奇迹都在自然而然地发生

感恩我生命中的每一个你

做

———————
2015-08-21

_____

❺

凡事都定有因果，又何必问个究竟
凡事都定有曲直，又何必弄个清楚
凡事都必有定数，又何必非想个明白

只顾做，就好。何必想是否得到
只顾做，就好。何必问可以得到多少
只顾做，就是。何必问是否是在修
只顾做，便罢。修与不修又何妨

天地遂人，只管做就好

做好，人
做好，事
天地不怨

做人，行善念
做事，行善行
便罢
多多做，便是

放下功利
放下因由
放下果报
放下索取

活一生
做一世，即可

为什么你改变不了自己的命运？

————————

2020-06-17

————————————————

复制模仿型孩子身上所有的性格，全部是父母双方的综合
复制模仿一切行为方式及行为背后的目的
孩子的缺点，一定都可以在父母的身上觅见影踪

所以，当问题孩子成了父母后，若不思自省觉知，必然只能
家族继续轮回

很多人不想像自己的父母，以为自己比父母强了许多
而实质不过是五十步与百步
因为行为方式与背后的目的如出一辙

所以，人终其一生最难修成正果，只因为无法公正客观
这就是为什么你改变不了自己命运的根本原因

纵然才高N斗，智高N级，终只能贫瘠
因为你内心的根从未被真正滋养改变

度量

————
2018-10-16
軒
————————

❼

每个人心中都有一杆秤

拥有公正客观的标准
才会拥有巨大平衡的财富及人生

然而
却鲜有人能够觉知
自己的度量被早早刻错了位置
却从未被校正过

所以
终其一生
都还是只会用
自己错误的刻度继续
无用地度量

远离一切
上瘾的事物

———————
2017-01-24

轩

———————

❽

过度依赖就是上瘾，上瘾是最大的执着，最深的贪婪，醉己的逃避

包括饮用酒、茶、咖啡等包括一些功能性饮料，偶尔饮用即可，最好少用
包括吸烟、毒品更是不可以吸食
包括性与情爱，人们过度追求性或不断更换性伴侣、不断地让自己在恋爱中沉溺、陶醉其中

这都是一种吸食物质或他人能量来补充自己内在匮乏能量的不自觉方式

包括一些修行人，贪恋打坐、全息入境的殊胜美妙，不愿回归现实中

　　人们会沉溺于其中，如梦如幻，其实是这些外在的物与人让我们进入了一种短暂的类似于开悟的高能量的震频之中，让我们享受到那当下的幸福的天堂！实现了短暂的身心灵合一的境

　　所以，在那一刻，我们忘却了一切烦恼、痛苦，只有飘飘欲仙的美妙
　　所以，请不要沉溺于上瘾的一切事物之中，包括静坐、全息，勿贪境勿执着
　　这不过是通向自心的桥梁，实现身心灵合一的方式和过程

　　这一切最重要的唯一前提是：自性是清净的醒来！即永远不会迷！更不会上瘾

梦想

―――――

2019-01-17

軒

――――――――――

9

践行使命的梦想是无价的，长久的
追逐金钱的梦想是廉价的，一时的

只有有使命的梦想才会让我们苦中求乐
金钱的梦想只会因逐利而让我们驶向贪婪

只有有使命的梦想才会让我们永远不忘初心，砥砺前行
金钱的梦想只会让我们在过往的功劳簿上得意忘形
谈资论辈

有使命的梦想根于众
金钱的梦想根于我

不要让自己美丽的谎言欺骗了自己
更不要让自己唯美的承诺去欺骗他人

为了金钱的梦想，站在个人的角度没有错
却无法长久，并最终败于金钱的贪婪与谎言

因为格局决定了一切
愿所有有梦想的人能扩大格局

因为梦想是无法用谎言支撑一辈子的
只有真实的力量才可以透过时间清澈

向践行使命的梦想者致敬
因为那才是发自灵魂的声音与行动

这样的梦想才会撼动灵魂的追求者
这样的梦想才会吸引崇尚爱的天使

我/你

———————
2020-02-10

軒

——————————————

10

我亲手拔掉了自己身上的一片片逆鳞
才慢慢地看见今天的自己

虽然还不够完美
也许
不，一定
我无论怎样都无法成为你以为的样子

我只是你的老师
对你严格
你抱怨，说我一向处处这样地对你

对你好
你觉得应该，说因为我像你的妈妈

在别人的眼中
渴求我对他们也能像对你一样

而你从心里从未真的知足
总是觉得不够
我真的不知如何对你

如果真的有来世
我绝不再见你

分开容易，相聚不易
这样的相聚
我真的是一个人等了许久许久

不会有人真的懂我

失去我，将是你的悔和痛
失去你，我却只能忘记

相信生命中还会有下一个更好的你
抉择与轮回在每个时刻都在复演
如同当初你在看别人的迷

如今
只是你迷在雾里而已

我宁愿此生不是你的老师
不曾相遇
也不会心伤

我的人生真的不易
祝愿雾开云散，见到不一样的你

成就与福德

————

2020-06-28

————————

11

如果亲朋给你认可支持
在你危难时不止一次帮助你，成就你
请你多一些感恩
说明你前世盈余福德

因为这个世界没有什么是天生谁就应该给谁的
哪怕是父母，夫妻，同胞
当你希望别人成就你时，你是否真心成就过别人

即便有贵人予你雪中送炭
可温暖后
你是否还记得最艰难困苦的岁月
是谁予你温暖与保护
如果你忘记了
你现在的福德将很快被耗尽

这个世界上真正成就你的
只有自己的福德与勤奋

当这个世界上缺少真诚帮助你的人
只能说
我们还需积累福德
不怨天地
不怨任何人

成就你的人越来越多，说明你的福德越来越大
这个时候
不应骄傲
反而更应该感恩每个火把助燃的力量
去做更多利益众生之事

越感恩越有福德
越有福德越感恩
越感恩越厚重醇香
越厚重越心生敬畏
越有福德越被成就
越助力就越有福德

我不知道

送 给 已 逝 的 岁 月

———————
2019-12-27

軒

———————————

⑫

七年来，我不知道自己出发了多少次

七年来，我不知道自己坐了多少次飞机

七年来，我不知道自己讲了多少堂课

七年来，我不知道自己陪伴多少人蜕变逆袭

七年来，我不知道自己流过多少次激动幸福的泪水

七年来，我不知道自己为了家人们的成长愤怒过多少次

七年来，我不知道有多少人无论年龄几何都称呼我为"妈妈"

七年来，我不知道有多少人因为我而泪流满面，甚至有太多几乎从来不流泪的理性的人

七年来，我不知道自己创造了多少生命健康医学不可逆转的奇迹

七年来，我不知道自己创造了多少家庭亲子夫妻更加和睦的奇迹

我不知道自己创造了多少学习成绩逆袭的奇迹

我不知道接下来的不到70年
我到底还会有多少新的生命经历
我到底会创造多少新的生命奇迹

但我坚信
我一直永不停歇地做下去

生命不息
奋斗不止

不问名利
此生足矣

自卑

————

2018-12-27

_____

⑬

有人因出身而自卑
有人因相貌而自卑
有人因身材而自卑
有人因金钱而自卑
有人因地位而自卑
有人因情感而自卑
有人因事业而自卑

自卑使人的灵魂矮小
自卑使人误解面子与尊严

因为各种各样的自卑，每个人都会无一例外地统一穿上不同
款式的盔甲来掩藏自己的自卑

自卑让我们心口不一，言行不一
自卑让我们无法触摸自己的内心
自卑让我们无法连接自己的灵魂
自卑让我们身心灵无法合一

因出身而自卑的人，要么过分强调，要么掩藏，要么编造虚假的身份

因金钱而自卑的人，要么过分忽视甚至藐视金钱，要么过分炫耀和追逐金钱

因情感而自卑的人，即便拥有真爱也不懂珍惜，终只能与真爱擦肩而过
……
总之，每种自卑都有着因不同阶段而呈现的不同状态

内心真正的富足才会升起自信
自卑才会消失

有的人
终其一生都无法拔除自卑的根
因为习惯了活在逃避的壳子里

而绝大多数人只能因根底里的自卑而让自己接受命运最惨痛的惩罚
直至痛彻心扉，彻然醒悟

内心升起光明，照见自己灵魂的透彻
告别自卑

没有你

送给已经缘尽远离我的人们

2019-12-31

14

别把他人对你的好，都当作理所当然

谁也不是谁的谁
谁也不亏欠谁

千万别拿自己忒当回事

地球离了谁都还得照样转

让别人喜欢并认同，活得真实有人情味，不自我，很重要

最终毁掉一切人际关系的都是错误地、消极地不回应

有一种离开，叫没有你我会更好
有一种取舍，叫没有你我更省心
有一种转身，叫没有你我更开心
有一种分手，叫没有你我不闹心
有一种放下，叫没有你我不纠结
有一种解脱，叫没有你我真自在
有一种终结，叫没有你我真幸福
有一种醒来，叫因为你我学会爱自己
有一种成长，叫因为你我学会看世界

带着清空的状态，飞翔可以更高

无论怎样

————
2018-10-11

軒

————————

15

无论怎样
都珍爱自己如日月

无论怎样
都平静地笑对人生

无论怎样
都真诚地感恩一切

无论怎样
都积极正向地进取

无论怎样
都努力地绽放光芒

无论怎样
都全力以赴活自己

何为爱?

————
2020-05-28

軒

————————

16

世间真爱唯心识
世间志雅方有真

笑着过人生
淡淡过日子
认真做事情
清醒待自己

若遇真爱，不会舍得不相惜
若遇俗情，珍惜即便了前缘

人生终归只是自己的
与他人无关

笑赏风月花雨
情述天地久长

足矣

洗脑

2020-07-08

軒

17

一般的人天天"洗脸""洗澡"
一辈子也不洗脑
腐败地活在固化思维里
直到自己唯一的工作被二维码代替

一生都在逃避千万别上当受骗
到头来却发现自己连被骗的资格都没有
因为自己如同工厂里的零部件
无论走到哪都还只是一个零件

最后，一辈子被一个可以三维立体打印的纸制零件轻松替代

怎么样也想不明白，自己的敌人到底是谁

是时代进步太快了？还是自己太落后了呢？

人生的敌人永远不是别人，只有自己

救众小感

2017-03-02

軒

18

我深深看到渡人的难
众生苦，却看不到真正的苦是自己久远以来的戾气之深、业力之
重
每个人都想幸福健康却看不到自己的心眼已经迷上了一层雾气

戾气不消，业力不除，雾气不散
随缘而来，缘去而散

不求人谢，但求人人离苦
不求人爱，但求人人醒觉

只有私利，便无公心大爱，便无法醒觉

无法醒觉，何谈觉醒
如若不醒，何来觉知

如若不觉，何来悟到
如若不悟，何来悟道

如若不道，何来行道
如若无行，何来离苦

此刻泪眼婆娑望红尘
个个苦痛迷离据我心

成长

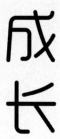

———

2019-03-09

軒

———————

19

无论什么时候
都不要用一些消极的情绪和状态来过这辈子

人生就是一场戏，一杯酒而已

所有的经历都是成长
时间是唯一陪伴我们的伴侣

一切都在变
成长是唯一不变的道理

青春

——————
2019-01-29

——————————

20

青春是一种散发着特别味道的记忆
荷尔蒙的芬芳让每张脸庞活力无比
这一切终将弥散在生命的岁月里
依稀记得只有彼此的影子
我们都毫不例外地刻在了彼此的心里
却终无法逃脱别离

标准

————

2019-02-03

軒

————

㉑

对于普通人而言，失去感比得到感更重要
而能量高的人，则完全相反

对于普通人而言更注重索取，鲜少付出
而能量高的人，则完全相反

对于普通人而言，算计和计算是最划算的大利
而能量高的人，却从不想因为这个而浪费相对更有价值且珍贵的时间！

也就是说

对于得到，普通人的焦点更在乎失去
对于付出，普通人的焦点更在乎索取
对于时间，普通人的焦点更在乎小利

所以，焦点在哪里，能量就在哪里

想要颠覆普通人的人生
必须付出大于索取
必须得到大于失去
必须珍惜更大成本
才能成就卓越而不凡的人生

所以
人生只取决于你的标准
与这个世界上的一切都无关

平静的开心，
踏实的幸福

2019-02-02

一直很幸福

但却在平静中越来越开心
在踏实中越来越幸福

愿一直开心
一直幸福
直到终了
直到……

当持续稳定平静中的幸福
一直都在

突然发现
开心幸福来得猝不及防
虽然一直渴望……

人生中
越是努力地爱着
越是努力地生活
越是努力地工作

却偶尔忽远忽近、患得患失

最后
让自己不再去想太多
放下所有的一切……

直到现在
忽然发现

幸福
其实却一直默默存在

感恩
生命中的陪伴
感恩一切……

因为有你
因为有你们

豁然中发现

平静的开心
踏实的幸福

是那么真实而简单
纯粹而美好

幸福很简单
开心很容易

就像儿时吃到的一块糖那么甜
就像儿时得到一个娃娃那么乐
……
一直幸福
一直开心
直至……

找寻

———————
2019-01-30

———————————

㉓

在金钱、情感面前
很少有人可以经得起考验

所以
拥有正确的财富观、感情观是至关重要的

迷茫的考验经历
使我们更加失去找寻的方向与觉知

而在时间纵横里
这一切都似乎变得不是那么重要

我们都只不过是一次次在轮回中复演
藏在心里的印痕
牵引我们一直在找寻

找寻
找寻自己
找寻彼此

爱情

———————
2019-02-23

————————————

24

真正的爱从来不是征服
真正的爱从来不是挑战
真正的爱从来没有输赢
真正的爱是心甘情愿地输
真正的爱是做幸福的俘虏

因为
真正的爱是从一开始，就输给了彼此
却输得心甘情愿，乐此不疲

就这样一辈子……

缘起

———————
2019-01-29
軒
————————————

25

视你的双眸
心却颤抖
泪径直从眼睑中流泻

才发觉

无论历经怎样流转
我依然能闻到
你灵魂的味道

无论更换怎样的样貌
我依然能共振
你灵魂的回声

无论岁月几何
我依然能轻易
触摸你熟悉的心灵

留下点什么

2019-02-25

26

时光很美
每一笔刻在岁月的记忆里的别致

时间静静收集起所有岁月的记忆
悄悄地偷走了生命

留下了美好的回忆
留下了甜蜜的幸福
带着对未来的向往

继续

生活很美
生命很贵

我们能留下的还有什么？

一汪水在眼里湿了

我弄丢了原来的你
却从未迷失自己

爱的真谛

———————
2019-05-08

————————————————

27

爱说起来很轻松
认真爱并不容易
放下却更是沉重
富贵权位可轻弃
却唯真爱不可离
时光雕刻爱永恒
我嫁给我的事业
在梦想中爱无限

愿所有的人，爱永相随！梦想事业腾飞

我

―――――
2018-09-06

軒

―――――――

28

平凡的我
却不甘平庸

普通的外表
却可有闪光的灵魂

有限的生命
却可发出更大的光芒

我不是
因为美丽而自信

却是
因为自信而充满魅力

我就是我

一个
平凡而充满力量的我

—————
2018-09-06

————————————

29

当你寻找
前方就定有条路向你延展

当你渴盼
远方就定有人等待

当你充满爱
黑暗中就定有光明

当你相信
一切就真的开始改变

金刚力、
慈悲心、
无畏

————————

2018-02-03

軒

————————————

30

唯舍小我
方能踏破轮回
方显金刚之力

小我之死
大我之生
方能生起大慈悲

大我安住
无我呈现
方能生起大无畏

永恒便是如这般自在

失

————
2019-04-30

————————

31

喜欢大海

面朝大海
心浪沸腾

在时间岁月中
看到，见证

炼就金刚
不坏之心
失之不痛
败之不伤
弃之不妥

任岁月用距离把心隔阂在天海之外
一时的情、利迷散心眼
剩下的只有无奈

无奈，渐行渐远
无奈，出离飞散

只有等待
回归时
遍体鳞伤欲哭无泪

也许
青春的任性却再无回头路

人生没有后悔
只有继续勇往向前

让海浪洗刷所有的情怀
忘却交融的言欢雀跃

失的何止只有形
更是无形

蜕变成崭新的自我
重获根的连接

依然

————

2019-11-05

軒

————

32

倒回到最初的相遇
我依然会遇到茫茫人海的每一个你
我依然还会选择把真诚与爱全然地交付予你
让你告别情感的迷离与苦楚
让你告别亲情的叛离与误解
让你告别药物的依赖与嗜瘾
让你告别卑微的迷茫与脆弱
让你告别财富的恐惧与限制
让你告别现实的焦虑与忐忑
我不需要你的回馈与报答
只要你可以幸福独立自我

我们的爱

———————

2018-04-20

———————————

㉝

你在天堂，我在地上遥望
我们的爱，在整个宇宙里回荡

你在远方，我在他乡眺望
我们的爱，在人世间徜徉

你去了，我活着
我们的爱，在心间流连

我们的爱，在宇宙间

无论你在哪里
我都能感受到你的爱
我的爱愿永远把你陪伴

爱无需契约
更不需誓言

只要有生命，爱就在
只要有呼吸，爱就在

生命陨落更迭
爱却永远在

如同不落的太阳
灵魂的记忆从未消失

依靠
·
依赖

————
2018-11-21

轩

————————

没有人可以依靠
唯有自己才值得依靠

没有人可以依赖
唯有自己才值得依赖

无论经遇什么
风暴中奋力前行，永不退缩

坚强伟大的自己
让自己崇敬

坦荡豪迈的自己
让自己欣赏

再美丽的一切
都不及最美的自己

唯爱自己才是最真实的依靠
唯爱自己才是最踏实的依赖

有一种

————

2018-11-27

軒

————————

㉟

有一种磁场叫心灵安驻
这磁场可能是某个地方或某个人

有一种感觉叫心有灵犀
这感觉可能是熟悉旧友抑或未曾谋面

有一种相遇叫擦肩而过
有一种相遇是既定的久别重逢

有一种人见了便心生喜悦
忘记一切苦恼

有一种人见了便可倾诉心肠
灵魂得到洗涤

有一种人见了便心生智慧
照见自在光明

沉默

————

2018-12-06

軒

————————

36

有时沉默
是因为有太多想说
却又不知从何说起
又不知说完之后的效果和结果
想想还是算了
沉默吧
反正已经习惯
何必解释

懒得说
反正说了也未必懂
还不如不说

所以，沉默未必是金
沉默可能只是无奈的叹息
沉默可能只是不得不的逃避

这样的人生
渐渐地失去了活力朝气
直至失去生命力

沉默不是因为懂你的人太少
而是你从不曾了解自己
到底想要什么

沉默不是因为这个世界对你太过苛刻
而是你从不曾真正热爱，不曾努力积极争取
总是喜欢放弃

所以

请不该沉默的时候发出你的声音
请该爆发的时候绚烂地绽放出璀璨的光芒

这才是生命的美丽

逃避选择

————————
2018-12-07

軒

————————————

37

压力对于所有的人
都很可怕

无论是关于什么的压力

绝大多数人选择了逃避
逃进甚至把自己藏进暂时安全的港湾里，不去面对

命运却会接二连三地让你遇到同样的问题
直到被迫不得不面对同样的答题

还有少数人选择了死亡
永久性逃避

这都是没有智慧的人做出来的人生答卷

我的人生永远直击问题的核心本质
从不逃避
永远勇敢面对
永远不给自己妥协的余地
可以向爱和在乎的人投降
改变自己，相伴余生
可以向错误低头，忏悔改过
却从不向命运投降
却永远不会懦弱地逃避

逃避只会让人走进另外一个人生迷宫

问题和结果只会更糟糕
选择永远在下一个路口等你
从未走远

因为直击命运
会得到一个无畏、智慧的自己
你的生命是向上飞升

勇敢地面对吧
迎难而上
而不是选择逃避

时间是个好东西
人生的坐标上
永远没有对错
只有正负
最终的人生收获了什么
只取决于选择和方向

选择大于努力
而方向则大于一切

麻痹、逃避、删除的人生
是懦夫的人生
勇敢、无畏、智慧的人生
才是梦想的人生

搏击风浪，战胜自己的逆商
是每个喜欢速度、激情的勇者的特质

愈挫愈勇
哪怕再大的风浪
放下尊严、面子
这些全部都是不敢面对的借口而已

选择勇敢地面对精彩的人生吧
不付出努力和代价
怎么实现爱与梦想

永远不要逃避
勇者无敌

真正的敌人永远不是别人

而是自己
连自己真正想要什么都不知
不敢对自己的心宣言

就这样

人生一步错，步步错
最终活出来的自己
连自己都讨厌
像壳类动物一样
过着萎缩懦弱的人生
一事无成，苟且空活此生

就这样
渐渐迷失了自己
就这样
离自己的本心越来越远
就这样
梦想永远成为梦里的想象

放下面子

———————
2019-01-14

軒

————————————

38

放下架子，放下面子
才能真实地活着

否则人生中重要的机缘
都会因为面子而错失

被面子操控的人生
是不理智的，甚至是愚蠢的

让面子为人生买单
是对自己最不负责的可笑的讽刺

面子对于智者的人生一文不值
却是很多人误解的尊严
誓死捍卫！决不妥协

面子更不是原则的底线

面子是很多内心脆弱的人的最后一道防线

61

过于在乎关注别人眼中的自己

其实
那只是你以为的别人眼里的你
而并非真实的别人眼中的你

更何况
你在别人心中、眼中的样子并不重要
重要的是自己心中、眼中自信的自己
学会低头就是放下面子，就是臣服

不是臣服于任何人
而是臣服于自己、臣服于一切

只有放下面子
内心的傲慢才会消失
才会真正拥有容纳百川的格局与胸襟

只有放下面子
才会真正过有尊严、有价值的人生

所以
为面子买单的人生是自卑的人生

自卑才是你过分在乎面子的根源
自卑才使你成为自己人生的傀儡

过分在乎面子的根源
是右脑前额叶及小脑的脑细胞
不够发达而导致的恐惧焦虑
呈现的自卑
无法疏解情绪而去用面子作盾牌来防御自以为的攻击

过分在意面子
无法真实驾驭自己的人生航舵
使自己渐渐地偏离人生的航线

为
意愿
买单

———————

2019-01-14

軒

———————

39

找各种理由逃避改变，不想成长的人，可以选择放下或放弃

因为没有人会真正帮一个不想成长的人

如若有成长的意愿却害怕成长过程中的痛苦
导致成长意愿并不强烈或徘徊矛盾
那就让他一个人在原有的生活中继续打滚吧
对于没有百分百甚至百分之一千、百分之一万成长意愿的人
就让他继续把疖子发育得更熟一些吧
再经历更多的痛吧

对于这样的人，只能说，还不够痛
还可以继续忍受甚至是享受

那就让他继续吧
再痛，痛得无法忍受而呈现强烈的意愿，强烈的渴求时
才会珍惜一切外在的助缘

一切因需求而产生价值
一切因欲望而产生突破
一切因意愿而产生成交

所有的人都因意愿而买单

因为爱的意愿而为情感婚姻买单
因为美的意愿而为美容整容买单
因为痛得一刻都无法忍受而为脱胎换骨买单

不买单的理由就是
还不够痛，还没有看到事实趋势有多严峻
还没有足够的需求意愿，还没有看到买单投资的性价比的回报率有多大

总之，人们只为意愿买单

勇于
面对自我

———————

2019-01-14

———————

40

主动认错、改错、和好的人是内心有力量的人
能够接纳对方主动认错、改错、和好的人内心也是有力量的!

而双方更会因此而增加情感，从而增加力量，更加有力量面
对未来其他工作、生活、情感的挑战或吵架冲突

害怕挑战、吵架或冲突的人不一定是内心平和的人
反而更大程度上是内心脆弱而恐惧的人
逆商很低，面临紧急状态而无法进入快速转念调整状态的人

人的一生中会面临许多问题矛盾
在问题矛盾中成长的速度最快，程度最大

所以，在生活工作情感中无论已经、正在或将要发生什么

只有一个捷径
勇敢面对

直面人生是智者的选择
因为时间可以淡化一切
却永远无法掩盖已经发生的问题所在

人们往往逃避，选择遗忘
但这无法成长
只会淤堵
因为类似的问题将层出不穷

直到你有意愿面对从根本上解决问题
类似的功课才会真正消失

所以，在时间的框架里可以多几个备选方案，却永远必须去面对

逃避只会出现一次比一次棘手的情形

所以，命运无法自欺欺人
只有做生命的勇者，智者
做命运的迎接者，挑战者

勇于面对一切
勇于自我剖析
勇于自我缝合

因为面对任何功课、问题
都只是面对自我
而绝非外在的任何人、任何事

自律

————————
2019-01-14

軒

————————

㊶

自律是成功人士必备的最重要的基础特质
自律是一个人心智成熟的最重要的体现
自律的呈现与生理年龄无关，只与心理年龄有关
自律是一个人对一切人事保持中正客观，不极左、不极右的
基础判断标准
自律是一个人对自我觉知能力的体现

只有自我觉知能力强的人才会自律
只有自律的人才可以做到专注
只有左脑前额叶细胞发达的人才会保持觉知、自律、专注

所以，自律的根源来自于觉知

自律取决于你的左脑前额叶的发达程度

这就是为什么不是人人都知道应该自律，却无法做到的根源

我
就是
你

————————

2018-09-06

軒

————————————

42

你或许总是惊讶
为何我如此懂你
甚至超过了你自己

你或许总是惊讶
为何我如此了解你
甚至超过了你自己

或许我从未见过你
或许你从不认识自己

但一切源于
我就是你

塑造

————
2018-10-19
軒
————————

⑷

塑造自己的过程一定会很疼
甚至会有难以想象的疼痛
无论身体和心灵

甚至绝大多数人
宁肯选择短期舒服地在苟且的舒适圈里苟活
也不愿自己去品尝一下痛过之后的华丽蜕变

又或者勇敢地选择了
却无法一直勇往直前
最终成了自己的逃兵、懦夫

终将无奈地失去一切机会与可能
甚至是自己的生活、事业、情感，乃至生命

而如若
你勇敢选择尝试改变
并持续性雕琢自己，塑造自己

你终将收获一个更好的自己
终将收获一个更智慧的人生

感受自己

軒

───────────

44

还在工作

特别喜欢
一个人在自己办公室里
一待一天的感觉

找东西
却看到这个照片
好喜欢这个自己

年龄在增长
却有另一种美
在生命中开始
散射

有了因岁月因智慧
而生的沉静

静静地欣赏
沉淀在骨子里的一种温煦

忽然发现
岁月静好
一切都在不觉间变了

关于财富

2018-09-13

軒

45

有钱人用钱买时间
以换取更大价值的财富

穷人则花很多时间
算计如何节省手中的金钱

对于有有钱人潜质的人来说
他的价值信念与穷人思维天地之差

所以想成为财富俱足的人
请先改变关于时间的观念
更要改变处处精打细算的习惯

成为财富俱足的人
绝非偶然

当你精于算计
如何可以从别人身上获取更多
如何可以占到更多便宜时

有财富潜质的人
却开始前瞻性地
策划未来更长久的利益
已经开始激励他人
与自己为伍走在通向财富的路上

而这些特质，不是偶然的
更不是阶段性的
是持续的，始终的

因为具有财富潜质的人
不是自私的
而是利他的

在这样的人身上
永远缺少一种盛气凌人的感觉
在这样的人身上
永远有一种从不炫耀的踏实
在这样的人身上
永远有一种时刻觉知客观认知的朴实

财富俱足的人是种有着特殊灵魂
和回于常人的人格的人

也许

—————
2018-09-18
軒
————————

46

也许不够满足
也许真的不懂

也许
什么都不想要

只是一种
温默
已经足够

静静地
驻守

也许
永远无法理解

也许
你以为你付出很多

也许
你更害怕失去

也许
你总是
用相反的方式
表达

真实合一地对待自己

你的恐惧才会消融
在一切镜像世界

你便可以静静地拥抱一切
永远不会因害怕失去而去掌控什么

无须约定
我一直在

直到
我想静静地睡去

满足幸福
沉淀在
我闭合眼帘的瞬间

穷人与富人的区别

———————

2018-08-02

軒

——————————

47

穷人永远在思考、准备
富有的人已经开始了行动

穷人是思想的巨人，行动的矮子
富有的人是思想行动合一的人

穷人活在借口中
富有的人活在机会中

穷人活在抱怨中
富有的人活在感恩中

穷人活在假设中
富有的人活在以终为始中

穷人死要面子
富有的人用事实赢得面子

穷人抗拒改变
富有的人喜欢迎接改变，接受挑战

穷人怀疑一切
富有的人喜欢接纳新鲜事物

穷人喜欢自欺欺人
富有的人接纳最真实的自己

穷人思维充满限制
富有的人思维灵活无框

穷人是一切皆穷
富有的人是一切皆有可能

想说做自己

―――――
2018-08-30

軒

――――――――

48

文字的力量
人心的力量
信念的力量
宇宙的力量

我写我感
感比做多
我说我做
做比说多

我做我想
做该做
做明白自己

就活明白这一世
就不妄生世
我不是我自己

想说做自己

约定

—————

2019-03-15

———————————

49

无法忘记山海
此生每见山海
便心旷神驰
定是与山海有约

每每抚触你的鬃毛
骑在你的背上
我便回到了过往
驰骋疆场扬鞭策马
热血沸腾
定是与你有约

听到清脆悠扬的铃声
我听到了召唤
我听到了过往
我听到了灵魂的回应
定是与你的约定

无法忘记你的眸子里
如潭水般的深情
望一眼
心便醉了，碎了
仿佛若对望
心就已不再归属己身
定是生世与你有约

无法走近你的身影
仿佛那影子重叠

便将性命许了去
定是害怕你孤单

与你形影有约

不敢走进你的生命
生怕近了再近
没有了个体
只有融化
定是与你灵魂有约

你的眼，你的情，你的心
撼动了我的灵魂
撼动了我的心
撼动了我的世界
是怎样的约定

怜楚的忧郁
坚定的心意
时空的默契
无界的宽容
无言的信任
是怎样的约定

定是与你，与你们
有生世之约
才有无限的想念
才有无尽的爱
才有无穷的等待
才有无休的期盼

只为与你赴前生之约

我只是我，
一个真实的我

————

2018-04-06

軒

————————

我只是我
一个真实得不能再真实的我

我从未说过自己是一个开悟者
更不能这样去说
我只能说自己是一直在觉察、觉知、悟道的路上行进的人
一直不停耕耘

我只是一个幸运地拥有一个又一个简单而有效的方法助推人
们幸福健康的人
我只是幸运地与正道暗合
我只是可以让人们升级福报
让有福报而信任的人们
信而得福，习而得福

如若，您想跟随大德
请不要挑剔我的过错

我就是我
从未变过
而并非你眼中的我

你的贪婪
让你看到失望
变成指责

从来如履薄冰，不敢标榜自己
标榜自己就是一种罪过
只要去做就好
做到更多是我生世践行唯一的准则

请先让自己傲慢的心温和平稳
你才能被圣者的光芒照耀

我愿意

―――――

2018-05-04

軒

―――――――――

51

为了实现更大的梦想
我愿意更专注成长

为了实现更多人的梦想
我愿意更加努力更加专注成长

我愿意做一棵向日葵
永无止境地向着太阳生长

我愿意做一根翠竹
永不停歇地向上伸出枝叶疯长

我愿意做一只头雁
带领雁群有序地在蓝空飞翔

我愿意一直努力生长
我愿意持续坚挺奋斗

做自己
　做团队的榜样
　　做孩子的榜样

燃烧吧，
我自己

———————

2018-06-08

軒

———————————

52

当有人轻视你
无须证明

当有人仰视你
无须骄傲

只有对自己的平视
才能始终保持中正的客观
才能一直持续成长

时间是最好的度量
不是你多努力
而是持久地精进
时间让世界看到了不一样的你

不是我们变得不一样
而是我们从来不曾和别人一样
只是有的人为了懒一点
只能那样没有自我

不是你有多好
而是你能持续地一直好下去
好人，好事
好好做人
好好做事
每天如此

让多维度的生命视角展现得更广泛绚烂吧
让别人的眼光都成为生命幕布的陪衬吧

你燃烧的生命只会更美

燃烧吧，我自己
燃烧吧，我的爱人
燃烧吧，爱我的和我爱的人

有时候，
离开不是不爱了，
而是找不到继续爱下去的理由

———————

2019-02-25

軒

———————————

53

　　看到一段话
　　人生中会有些人，在不言不语中渐行渐远，最后成为彼此的
可有可无

　　曾经看到一组"公式"
　　我不问 + 你不说 = 误会
　　我问了 + 你不说 = 隔阂
　　我问了 + 你说了 = 尊重
　　你想说 + 我想问 = 默契
　　我不问 + 你说了 = 信任

　　我想说
　　人与人之间因为选择运行的公式不同，结果也大相径庭

　　我们以为只是每个人自己的模式不同，没有什么大不了的
　　然而很多人之间就是这样一次次渐行渐远，直至

走着走着就淡了
走着走着就散了

虽然，偶尔想起，当时的初心还依旧如真空般美好

但再没有了相见的理由
再没有了为彼此守住的约定的借口

有时候，散了，离开了，不是不爱了
而是找不到继续爱下去的理由和借口

而也有人不但依旧爱
反而心里爱得很痛，爱得很深
却也同样找不到让自己继续勇敢爱下去的理由和借口

在彼此初心的爱中
不得不带着遗憾将这份爱淹没在人海

从此

心中有了种无法明状的隐隐的痛
渐渐地随着时间封尘在岁月的记忆里

不愿想起……

因为没有人愿意面对遗憾
只是渐渐地麻木自己

偶尔当风吹过
会泛起心中青涩的记忆

愿这样的朋友放下心里的遗憾
在心里和自己，和对方和解

哪怕身处异地

也要默默地在心里
告诉她（他）

我曾真的爱你，哪怕现在不敢否认这爱的存在

就这样

这渐行渐远的似乎可有可无
却又数不清的若有若无，似是非是吧

就这样

生命中经历过的每一抹色彩
最后斑斓绚烂地
随着岁月褪成闪亮剔透的光
灼进了每个人的灵魂

开始吧
从这以后

真正勇敢地面对现在的情感
加倍珍惜

格外心疼
带着默契信任
为了对方可以克制一切欲望去爱

你便真的开始了
没脾气地不在乎对错输赢
真心实意
真爱的旅程……

真爱的在乎
是舍不得
是不忍心
是放不下
是离不开

你和我

————
2018-10-18
軒
————

54

几千年

转眼
又见

从一个我
变成千万个你

你曾是我的一部分
我就是你的唯一

故
才如此亲密无间
泪眼涟涟

故
才如此依恋思念
心弦相连

一眼千年

这一世几十年
像滴滴泪水
化作白莲
纯净心灵
眼光化心
融骨入髓
嵌入灵魂
合化原来的我

只
静静地
便自然欣喜
升放光芒
无比耀眼

梦想的路上
永不退转

2020-02-12

軒

55

这个世界上赚钱的工作有千千万
而干的工作有福德
真的可利益众生的事却不是任何行业

成就梦想的路上
无法经受考验、挫折、挑战

中途调头或走向岔路
一年半载看不出什么端倪
暂时的压力没有了

真正走一段路
就会明白猫永远不是虎

别再自欺又欺人了

想成就梦想，就别当孬种
是孬种，就一直缩在人群里别露头

你的契约不是与任何人或任何事业的
而是你与自己的

相信追逐梦想路上的孬种
在任何方面也大都是逃兵

梦想需要的不是一时之勇
梦想是万里征途的长跑
是常驻不懈的努力
锲而不舍的定力
经得起任何考验的没有算计的福智

梦想事业需要的不只是金钱和时间
而是长久战斗的无畏勇敢
视死如归的魄力
誓死不休的意志

和西天取经九九八十一难有何区别
所以
在梦想行进的路上
千万别忘记了

你曾经的信誓豪言
不忘初心，砥砺前行
永不退转，方有始终

流沙

2020-02-16

轩

56

走着走着就远了
走着走着就散了

我却永远都在

时光就像流沙
人生就像框架
无论怎样都是一幅画
画中的景致却不再一样

我始终可见你的结局
你却在迷宫里盲闯

只有体验方可领悟
笑笑
这就是人生

人生是选择的妙数

————

2020-06-27

軒

————————

57

有人说，人生是选择的总和

而我却说
人生中的选择何止是加减法
很多时候
关键的抉择却更像乘除法
一旦选择
可能铸就N倍不止的成功
也可能一键清零甚至是负数的人生

所以
人生中选择到底是什么

人生中选择合作伙伴、婚姻伴侣，是以技优还是以德先呢？
人生中选择机会，是以眼前利益还是长远之势呢？
人生中所遇之恩，是过河拆桥还是时时不忘呢？

所以，人生中选择大于努力
当下的选择决定了未来的一切

时间是检验人生唯一的天平
任何人站在自己的角度永远都没有错误
然而
这个世界也有一个角度叫宇宙全息维度
只有它才会在浩瀚时空长河，用因果教化世人
哪怕你心中只选择了一个念头就已经决定了结果
所以，人生绝不是选择的加减法
人生是选择的妙数，既妙不可言又如此简单

无论任何人以任何方式待你，都请你有底线地保持自我并善待一切
给别人调整和改错的机会，却不能永无止境地迁就

师徒小感

————————
2018-02-10

————————————

58

好老师冒着得罪学生的风险来成就学生
实在是难为师呀
没有无缘无故的相逢
老师实在不想误了累世难逢的千年奇缘
才深挖你这口枯井
只想让这口枯了千年的井重涌清泉而已

徒若懂师
又何苦师如此之劳啊

为师难当
一声唤师
师定不负徒
徒却未必懂师

徒懂师时
必是高徒
高徒亦必是高师

师

———————

2015-06-18

軒

———————————

59

人人皆我师，我亦人人师
为徒时，臣服谦卑
为师时亦更要臣服谦卑
为师时更是为徒之境矣
师徒遂一人
一人即为多人，亦无数
师是己，徒亦己
自己亦是自己的师和徒

劝缘

————————
2017-10-17
軒
————————————

60

岁月的长河里
人们只会记忆流淌滚动生生不息的河滴

时间啊
你真真是一个好东西
可以让人沉浸在过去美妙的记忆里
又可以让人陶醉在当下幸福的时刻里
更可以让人畅想在未来希望的田野里

人们啊
往往随缘而聚
随遇而安
却不懂珍惜缘分

人们总是功利地
选择坚硬的树枝攀援
为给自己更加强大而安全的保障

可是呀
人们却忘记了
没有生下来就是成人的婴孩
更没有钻出土壤就是参天大树的幼苗
更没有哪条河流不是千万滴水奔流而汇啊

还要问问自己
你是否要坚定自己的选择
还有选择自己的坚定

否则
等婴孩成为壮年
等苗儿长成参天
等河流汇成汪洋
你也只能与贵人遥望
你也只能望树想凉
你也只能一洼池坑

所以
要么成为英雄
要么识得英雄

莫道君来早
应笑君来好

莫道势不好
只怕不识势

莫道他人非
只怕己不如

识人，识时，识势，乃大智慧也
识人，识时，识势，乃大福报也

劝缘
识缘
惜缘

人前真语见血
背后妙口莲花
因果不虚
妙因善果
福慧入命
天自有道

舍得

———————
2017-01-28
軒
———————

61

舍得
大舍大得
小舍小得
不舍不得
只得不舍终成空
只舍不求得为真得
你心为何境
境为真实显
道理人人知
就是舍不得

重生

2017-09-08

軒

62

重生必经的过程
身体、思想的觉悟

与身体的疼痛交融是一个痛苦并美妙的过程
因为你与你的身体分离太久了
它是一个痛并享受的过程
是自己身心觉醒蜕变的必然过程
也是前提基础

与心灵的纠结融合是一个痛苦并升华的过程
因为现实与内在的分歧矛盾重重
需要找到主导坚定的方向
笃定向前行进
这两个方向就是涅槃重生必经之路

不论先经历哪个，都必须二者合一
只有两个方向都经历了
一个人的身心才叫真正觉醒重生
否则，都只是在醒来的过程中

抗拒

————

2017-04-06

軒

————————

63

当抗拒来临，请问问自己，我真的在害怕什么
当抗拒来临，生命的河流如大的旋涡般逆流而上
当抗拒来临，身体能量开始产生巨大内耗

请深深允许、接纳抗拒
并冷静地反问自己的心
我的恐惧到底是什么
一切的抗拒终归无法阻止生命河流顺势而下的奔腾
客观清醒没有任何情绪勇敢面对抗拒、转化抗拒，是每个人
瞬间升级的最佳方式与时间

深深感恩每一个抗拒
学会与抗拒成为智友，它是开启智慧宝藏的钥匙
与此同时，它也会成为操控你情绪的始作俑者
因为这每一次强烈的抗拒背后，都是让你无法全然的生命印
痕在作祟

放下抗拒，生命才能全然
全然才是唯一的真实与力量

学会
理智客观善良地
面对一切

2020-06-12

64

任何人在背后有任何不实的言论时，

用一件 N 年前这个人的亲人曾经最痛的经历，而又是大家都知道的过去，来证明一个人成长后的现在有多么不好，不配不值得？

用旁人莫须有的谎言来造谣中伤他人时，

我们是否思考下，他为什么这样说？他这样说会得到什么好处？

而跟着传播的人又是为什么呢？

我们不妨剖析下背后的真相。

造谣者无外乎几种：

①掌控型：没有得到自己期待的无论是利益还是关系，认为一切都应该如自己所愿。

②妒忌型：出于人性的妒忌，这样的攀比一般发生在曾经关系很近，却过得远远不如别人的亲朋，因为总是想不明白凭什么你比我过得好！或者想得到别人的不只是钱利，还有情感另外的一半。

这样的类型一般发生在同性身上（闺蜜）。

③报复型：得不到，我就想破坏，爱不成即生恨。

④获利型：吸人吸金，想借以破坏别人，获取信任以谋人脉与利益即吸引人来到自己的新建圈子。

⑤佐证型：为了向亲朋，众人证明自己是对的，不惜凑任何不实人言证据来证明别人的选择是错的。

基本以上五种！而且，有时，有的人居然兼有几种类型！

而传谣者：

①傻实型：缺少主观判断，容易忘记了别人对自己的好，人云亦云，盲目跟风，时间一长，真相大白，懊悔自己傻。

②同感型：正好，因为自己心中有小小的不满和情绪，不好意思说出来，怕显得自己小气，借以他人之意图传播，以解自己心中之快。

③恐惧型：听到之后，心生恐惧，完全忘记了别人予之恩益，闭门不听不见避之大吉！唯恐这样的骇人听闻会殃及自己！

在生活工作中，遇到了亲朋、同事以讹传讹的事，您是以上的八种人吗？

当然，更不乏有许多的清醒冷静客观公正中正的人，去指正！（指正型）

也还有明哲保身，不随风不传谣，静悄悄！事不关己，高高挂起，就当不知道！（隔离型）

还是这两种类型中的任何一种呢？

　　倘若有天，被谣言者是你本人，你又希望你的亲朋、同事以怎么样的状态来面对你呢？

　　拿人心比自心吧！

　　人生即修行
　　为什么幡会动？
　　是风在动，
　　还是你的心在动？

　　人生很短，还是把更多的时间用在干实事，干正事上吧！

　　客观公正地面对自己，才能过不造谣不传谣的人生！
　　请也客观公正善待曾予你爱与恩惠，却从未曾伤害过你的人吧！

树与花

————

2020-02-24

軒

————————

65

什么都挡不住春的脚步

千层花絮缀枝丫
花以为
树离不开花

树笑了
只是无语地在春风中笑着

春有百花
树有千杈

花败了
生出了更好的枝芽
陨落尘埃化春泥

春去秋来
唯一不变的

就是树
一直在生发花与枝芽
结成真正的丰硕果实

随缘

————

2020-02-24

————————

66

能伤害你的人
只能是你在乎的人

能疗愈你的人
却只有自己

无论外在给了你多少爱
都需要自己内化成真

爱再多却并不适合你
只有远离才会不再厌弃

直至碰壁
经历会让你怀念过去

原来爱不只有一种疼惜
有时，失去、离开才能看清一切

随缘增减
本心不变

情化愿

2018-04-12

(67)

我在春风笑
阅历生世情
瞬间了于倾
归宿普世愿
早已无我情
红尘不醉心
恩及信任缘
众缘皆化愿

致
重生的自己

———————

2020-02-04

———————————

68

发现自己还是最喜欢两个颜色
和十六岁时一样

浮华虚荣这两种颜色在我的生命里本来就鲜少看见

而现在的我
更是根本就不在乎这些

这两种东西
就像湖泊里，河底石子上的绿苔一样

在阳光的照射下
水的剔透波光粼粼里

美得无法比喻
诗情画意

而又有哪个浮华虚荣的人
敢把它从水中晒出来试试

因为
会发现自己的浮华虚荣瞬间一败涂地
什么都不是

没有了阳光的照耀
没有了水的剔透映射

那水中的绿苔将黯然失色

所以
不浮华、不虚荣、不做作、不矫情地活着吧

不是为了活给别人
只是自然而然地真实活自己而已
只是懂事地、有人情味地、有滋有味地活自己吧
只是认真做事，有度辨伪地活自己吧

知道世事不易，却永不偏激
只是永远积极精进丰满自己

知道自己是平凡人不能改变一切
但也深深相信阿基米德的豪言壮语

所有的经历都是对我人生斗志的激励
所有的不公平都是激励我发心改良不公的起始

善良慈悲的心没有抱怨
只有更加努力奋斗的人生

从不为难自己
将一切阻力转化成趋动力
永不放弃，因为自己是自己心中的英雄

何为道

———————

2020-05-05

軒

————————————

69

何为道？
花殒枝茂果硕为之道
只有客观公正担当才能上道
只有上道才能通向成功
许多人一直未在道上
只见花落不见果硕
一切因果皆为自己的念头与行为
忏悔自己所有的不正之念

不尊重情感则必伤财伤姻缘伤福德
不尊重师长则必伤财伤姻缘伤福德
不尊重金钱则必伤财伤福德
不尊重事实则必伤福德
其实以上都是不尊重自己的表现

如何枝茂果硕
世间一切皆自显
富贵何中求？
道中求

何为道？
做事做人言语念头皆为道

请
真诚地
感恩与臣服

————————

2020-06-27

軒

————————————

70

所有的内心和行为不统一的感恩与臣服都是虚假的

虚假的一切都没有力量
真实是一切力量的源泉

所以，请发自内心地感恩与臣服，并同时成为行为

上天赋予的机会
时间赋予的平衡
就是永恒的法则

所以，请真诚地感恩与臣服吧
福德的世界里没有交换，更没有算计

情关

————

2017-04-09

————————

71

夫妻情、男女情、亲子情、同修情、师生情是一样的
是我们把情字穿上不同的外衣

切莫将情字于分别
互度忍辱关而已

情醒全醒

人生不给自己借口

见则放
放则过
过则醒
醒则明理
明理则通达

125

情醒智也

情关难关，关关难过
情关不过，关关未过

在无尽中活着

────────

2015-04-27

軒

────────────────

72

带着无尽的爱
缓缓流走在自己的生命里
做自如的自己

带着无尽的感恩
真诚地合十自己谦卑的心
向生命中所有经遇的人、事、物
时刻叩谢自己的感激
做微尘的自己

带着无尽的忏悔
虔诚忏悔过每一件有错的事
哪怕只是一个心念
做透彻的自己

带着无尽的热情
真心去助力每一个你不曾相识的人
每一件物与事
哪怕只是一个最真的祈祷祝愿
做无私的自己

在无尽中活着
将此生的生命化为无尽

在无尽中活着
将有限的能量化为无限

在无尽中活着
将有境的生命化为无境

在无尽中活着

平常
·
平凡

————

2015-08-19

軒

————————

73

不生喜来不生忧

草长莺天秋自枯
雨露晶莹光自消

春来复苏，阳光润泽普照
万物长生，盈亏自然迭更

笑也好，哭也罢
风来散去，干黄花

生也好，死也罢
活来活出，断轮回
是休，是行，也止然

喜也好，忧也罢
声声乐乐叹愁苦
烟消云散，酒醒人醉自轮归

何来喜？何来忧？
何来生？何来死？
何来笑？何来哭？

一切只如风，如烟
如呼吸般平常罢了

事事无常且平常
人人平常且无常

事事平凡且不凡
人人不凡且平凡

我感动了自己

軒

───────────

74

我感动了自己
我在每个时刻里
静静地认真做自己
不为做得最好
只为做一个我自己

当我真的一次次做着我自己
当我无时无刻不在做我自己
我感动了我自己

我的泪模糊了笔前的视线
因为我一直在做我自己
看着这个笔耕不辍的自己
在纸页上流淌自己
我的泪模糊了自己

没有距离
我在看这个书写的自己
一个一直真实做自己的我
一个一直做真实的我自己的这个人

我的泪流下了颊边
流下了鼻翼
我为35年的生命而感动
因为我一直在做我自己

无论曾经怎样的遭遇
无论曾经怎样的一次次抉择
无论曾经怎样的彷徨、失意
我从没有过放弃

即便所有人对我冷言冷语
即便生命也曾要离我远去
我从没有过放弃

泪水倾泻我的手背
我依然没有停止我书写的笔迹

我为自己而流泪
我为自己而静静地啜泣

过去，没有人真正懂我生命的意义
可是，今天，我让更多人懂得自己生命的价值

过去，没有人真正支持理解我的心意
可是，如今，我活出了我自己

我一直在活
可是今天，才有更多人看见
而我要看见更多的生命的意义
我要看见更多的生命存在

因为没有人陪我在黑暗中做我自己
我要陪更多的人活出自己

你知道吗?

————————

2020-04-27

————————————

75

你知道自己到底想要的是什么吗?

命运接纳什么
生活就给你什么

学会接纳吧

你越是抗拒什么
生活就会给你什么

你越是担忧焦虑恐惧什么
生活就会给你什么

上天一直眷顾垂青于每一个人
从不曾偏心

只是你从来未懂过而已

上天一直眷顾于我
使我幸运如影

而今
我却更是依然一直被垂青被护佑

这一切
你
知道吗？

人的
生命状态

————

2017-10-27

軒

————————

76

有一种人贪生
所以必然怕死
这种人不为任何人而活
心中只有自己
可是，试想一下
如此自私，上天为何要你长命
这样的生命每天在暗暗的恐惧状态下
又如何得以长生
只有苟且于身心病痛与疗愈的中间道上徘徊内耗

有一种人生
麻木于酒肉、情色之中
有一天过一天
天天醉生梦死，纸醉金迷
利欲熏心、权情交换
这种人在挥霍自己生命的资源
把福报最大化转成了恶业

所以
请快点醒来
忏悔自己所有的心念、行为之过吧

还有一种人
被动经历过死亡
而懂得活的意义与价值
更加珍惜活着的每一天
我称之为已经醒来或正在醒来的人
因为感恩、因为珍惜
所以
向死而生的气节从此成为生命唯一的状态
尽有所能地把生命有限的长度无限拓宽、裂变
从而延展自己生命的维度
争分夺秒而时不我待地活着
更加认真地对待每个人、每件事
生命也因此而变得更加有意义、有价值
这样的人心里流淌着感恩的血液
与万物连通而并生
于他而言
活多久已不再重要
因为每一天的生命都是价值无限、意义非常
他是生命的赢家
随时坦荡地面对死亡

而也还有一种人
在被迫经历死亡的威胁后
勇敢地创造了生命的奇迹
当可以更加充满希望热情地享受生命时
骨子里感恩、珍惜的血液却又变成了贪生的欲念
而苦苦轮回在贪嗔痴慢疑的五毒苦海中
痛不欲生

直至生命完全消殒掉

生命的状态与财富的状态没有差别
你若害怕死亡
你便等于在山珍美味里下了一味毒药
死亡必须提前降临
再美的佳肴都是毒品
财富也终将成空
以对照让你心想事成、美愿成真

你若勇敢生活
你便等于找到所有生的希望契机
生命将处处生机盎然
财富也将滚滚流淌、永不枯竭

你若不信守承诺
生命也将与你开一个大大的玩笑
兜兜转转之后
结局依旧

你是什么样的生命状态
又是什么决定你的生命状态
你的生命状态又决定什么
你的人生到底要如何
你到底要怎么活
今生如何活决定了你如何走

亲子体用论

———————
2018-04-02

軒

———————————

⑦⑦

父母是孩子的底版
孩子是父母的显相

父母为体
孩子为用

从我做起
唯恐不及

亲子体用
根从源起

为人真诚感恩
为事终始初心
为性坦荡磊落
为局宽宏前瞻

必有不同常人之子
必有德慧深厚亲子

面子

2018-01-31

軒

78

面子是人生最大的功课
面子使人虚伪面对一切
无法客观
更不愿意客观
包括他人、他事
更是自己

面子是恐惧的外衣
面子使我们的灵魂无法通透
更无法安驻
时时遮盖、事事解释
不敢也不愿意与自己的心在一起

面子是我们遮藏自己的叶子
一叶障目
却以为世界上只有自己最了不起、最聪明
面子总是让我们矫情地无法看清自己
更无法真实看清他人
我们永远活在
自己营造的相的世界里

撕下面子
真实面对自己的一切
世界豁然天清地宁
精神能量瞬间飞升

灿烂
方能普照

———————

2017-12-18

————————————————

79

阳光灿烂气血充盈，能量俱足
寒湿阴浸气血凝结，能量耗失
妒忌攀比毒胜湿寒，慧光混沌
怨恨压力阻滞福报，德根消殒

妒怨之心悲无从处
忌恨之力慧无所生

习他之长补己之短，方为臣服
扬己之益避己之弊，方为智慧

唯见真实的自己，方能活出天赋的自己
唯有臣服，慧光方能大放，福德方能俱增

唯灿烂方能普照

眼睛

———————
2015-04-20

———————————

⑧⓪

眼睛是用来爱的
它无时无刻不散发着光芒

眼睛是用来传达信任的
善良、温柔、慈爱、接纳、肯定的眼神
这是一股巨大的安定的能量

说话时
眼睛是要发光的
要闪闪发光
要闪耀着光芒

告诉你的父母、爱人、孩子
你很重要
对于我，你很重要
你是独一无二、与众不同的
你对于我很重要

请专注地看着他们
用心地看见他们
用心、用爱清澈地看见他们
看见周围的一切

芳华重生

———————

2020-06-02

軒

———————————

81

为什么别人可以在你的生命中一次次犯下不可原谅的欺凌与践踏
那是因为你的一次次允许和一次次轻易的原谅
一直轮回在没有尊严被践踏的情感中的你

醒醒吧

这就是迁就的情感与彼此耗损的战争
还要迂腐地爱吗？
真的是要等到一方死去以换得完结吗？
没有起码尊重的爱，有意义吗？

不尊重你的身体
不尊重你的人格
不尊重你的价值

为什么一次次向命运妥协
为什么一次次向婚姻投降
为什么？

无畏的你
为什么不为自己勇取地争取属于自己的被尊重

若爱，就请尊重
不要满足于已经好于过去的对比
若爱，就请珍惜
不要苟且于完整而一次次暗暗舔舐自己的伤痛

给无数人带来希望、光明、爱的人
应该活在爱的滋养中
而不是耗衰中

该爱的就爱
该放的就放

爱就好好爱
不爱就不要掌控

生命的每一天都应灿烂
而不是灰暗

从未真正绚烂芳华
却在岁月中衰败

醒醒吧
为了自己本应灿烂的芳华
为了自己内心真正的笑容

从走了42年早已习惯了的逆境中破框吧
感恩逆境之爱浇筑的强大

我更值得拥有顺境的喜悦与幸运
奋斗的人生更配得幸福

在一起

軒

────────

(82)

与风儿抚爱
轻柔而抚慰，曼妙处，柔进我的皮肤，丝丝麻麻迅电我的神
经

与太阳媚情
温暖而娇娆，纤柔处，光亮照入我的胸膛

与云儿嬉戏
绵软而动感，像情人的笑脸，亲昵时，若情传心间，只在你
含情脉脉的双眸间

与鸟儿对唱
叽叽喳喳，轻和慢吟，欢雀，畅想单双声的韵律
雌雄同语，灵动在耳韵萦绕

与绿树依偎
即便站于远处，即感偎依于你的心怀，翠绿荫蔽，为我的心
着一处清凉

与青草爱怜

闻到你的清香，浸入脾肺，用心去感受赤脚轻践，你的扎涩与触动的回应

我和你在一起

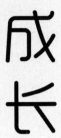成长

———————

2020-05-19

軒

————————————

㉘

很多时候，绝大多数人并不想真的成长

只不过，我们都以为自己很想成长
甚至于，我们会认为想成长就是成长

其实，我们都不过想想而已
更多的是指望别人来帮助我们
却不是自愿主动成长

凡是被动
皆不是真的成长

泪水

———————
2017-04-09

軒

————————————

84

泪水
有时是我们不想更多更快成长的遮羞布

泪水
有时是我们还有受伤者心理的最好证明

泪水
有时是我们自欺欺人的最好助手

泪水
有时是我们逃避真实面对自己内心的道具

泪水
有时是疏泄印痕、排解情绪的好工具

泪水
有时让我们认不出他人

泪水
有时让我们认不清自己

当我们想成长时，也许会哭泣
当我们以为醒了，也许正酣时

泪水同样让我们可以表达一切感恩，一切美好，一切激动，一切悔恨

泪水
千万不要让你的泪水欺骗自己

人生
就是一本故事

———

2020-04-28

———————————

85

看着，听着，读着别人的故事长大
看着，听着，讲着别人的故事为自己加油

讲着自己的故事里的别人给别人听
讲着自己故事里的自己给别人听

别人听着，读着，看着自己的故事
别人看着，读着，讲着故事里的自己

我们的人生都是一本故事

听别人的故事
被别人听成故事

一切都只是活出来的故事

故事

假装

———

2018-04-17

軒

———

86

有的人假装很努力，是演给别人看
这叫欺骗他人，这叫小聪明

有的人假装很努力，是演给自己看
这叫自欺欺人，这叫真糊涂

无论小聪明还是真糊涂
最终都不会有好的结果
只有在平庸与不甘中老去

因为努力才是自己的人生
与别人无关

因为结果不会假装
更不会陪你演戏

假装最终唯一戏弄的
只有你自己

择轩感悟

2017-03-19

軒

87

    与企业，与平台或是人与人之间因利益而结盟者，这样的关系无法真正长久。

    真正的信任，一定以企业、平台利益的公利为大，时刻利从于公，内在凝成心灵相通的契约精神，而绝非私利金钱本身。

    一个好的平台在培养人才的同时，更应注重的是人的公心而非野心，更非私心。
    更应注重的是正念的格局，而非小利！

    一个好的老师如若想要成为合格的导师，引领助力众生，必先正念、远瞻、有大格局的政治素养、有崇高的人格力量、公心为首、高能量，否则，无法称之为导师。

    人生如尺，如何量度，如何把握分寸，决定了一切！
    人心如尺，量私限度，量公容宽纳度，改变了一切！

    人生不过几个词：
    高度、宽度、厚度、深度、广度、跨度、维度、气度。

真正的爱

軒

88

　　每一天人们都在爱与被爱中活着，哪怕是仇恨、诅咒或埋怨，也都是被激化变得扭曲变形的爱的能量，几乎所有人都认为获得爱、被爱是件最幸福的事，还有很多人认为爱就是责任，爱到了一定程度经过时间就变成了亲情。

　　而我认为爱不是责任，更不是亲情，男女之间真正的爱是必须建立在两个相对独立人格的个体上的!
　　在这个爱的存在中，两个人格是基于自我的完整独立而自由存在的，才会生发更加深沉的爱，而不是依附于任何一方，或者控制、管束任何一方，更不是爱得没有了自我。

　　男女之间真正的爱，必须是纯粹的，没有要求的爱的能量的交换和交融。

　　自由的分子在，爱的能量就存在，自由的分子被压缩，爱的能量就会随之被扭曲变形。

　　在爱的存在中，自由的分子是最重要的环境条件，它会让爱自由地、曼妙地、美丽地生长，无拘无束而吐出世上唯一独特的芬芳!

　　真正的爱让人心变得柔软至极，安静而又散发着青春的活力，无论相爱的人年龄几何。

　　真正的爱让人勇敢，可以为爱挑战而突破自己的极限。

　　真正的爱让人坚强，可以为爱担当而呈现完全不一样的自己。

　　真正的爱让爱人因爱而蜕变升华，成就新的自己。

　　这样的爱，往往要历经累生的积淀才会有缘垂青。

情

————

2015-04-28

————————

89

有时候，因为想要得到更多，想要幸福终老的结果。

所以，不自知地期待、要求，让自己轮回在"爱"的牢笼里，纠结、撕扯、捆绑。

往往纠结、撕扯、捆绑的不只是自己，还有他人。

不只是身体，更多的是思想、心灵。

撕扯的一瞬，是否看见自己的心应该是凝止的，而不应是期待，更不是揠苗助长。

静静地存在就好！

每个人的生命有不同的轨迹。虽然相关的人在一定相同的阶段里会有相交、相叠，却又和个人内在的成长轨迹不同而慢慢从相叠、相交，因着时间，因着不同的内心轨迹，即智慧的进阶而改变，亦会相切、相离。

所以，内在智慧的成长，对于挚爱的人来说，是那么简单无形，却又是最最重要的。

有时候，分离只是一种表象，内在的宿命却是人们看不到的核心。

如果爱，就静静地爱吧，放下内心的纠结、撕扯、束缚，才是不给爱留遗憾。

如果爱，却想控制、束缚、教导，已不是单纯爱的关系。

凡事太尽，缘分也尽；
情太尽，人也尽；
人太尽，事也尽。
尽即了！了即散！
散即空！空即无！

爱就是爱，何来期待，爱就好好爱吧。
哪里管时间，哪里管是否天荒地老。
爱时即美好也就够了。

凡事不必太尽。
用情不必太专。

送给
迷茫的年轻人

2015-08-20

軒

90

人生不在于你想要成为什么样的人，而是每时每刻，你都是你自己，活出自己，成为自己，你就是你自己，你就不会迷茫，你才不会迷茫。

生活中，无论你经遇过什么，无论生活中你以什么样的形式存在，你始终都是你自己。

而不要指望等你成了什么样子，等你拥有了什么，你才会变得幸福，你才会有价值、有意义。

如果那样，你将永远活在未来的期望里、现实的不满中。幸福对你而言永远真的只是一个永远不会到来的梦。没有当下的充实，如何获得未来的真实。没有当下的享受，如何变现未来的梦想。

无论当下是什么，你都能苦中求乐，享受生命，才是踏踏实实的人生。

把所有寄托于未来，那此刻是什么？
你生命存在在哪里？

你的呼吸，你的身体，你的感受，早已被自己否定得完无，明天
的到来不过是又一个现在，你依然只是痛苦。

年轻人，没有人有资格去哀叹。

今天的痛苦难受，无端无吟地放大自己的小小无奈。是自己的双
翅需要更苦更多的历练。年轻人，吃再多的苦都不算什么！

成就与荣耀不是用时间堆积而来的，而是由生命的历练、意志的
淬炼而来。

如果，今天的你还有时间在这里自命哀怜，说明你的生命还没有
经历更多的苦难。
最痛的经遇会撕裂你的身心，觉醒你的意志，蜕变你的人生。
而如果你没有那么痛，那就请更多地感恩吧。
感恩你所拥有的一切吧！
你所有的痛苦，不过是还不够感恩。
虔诚地感恩，会让你身心、爱的能量激活，使你淬火重生。

因为只有爱可以拯救你自己，也只有爱的能量可以将你燃烧成赤
赤的、烈烈的最大的能量状态。你便会觉得无论什么不再是痛苦，只
是应该的呈现，只是一个又一个考验，一切无论是什么，原来都是最
好的。

因为你的心里只装载了一个程序，那就是爱的程序！
因为你的心里只有一种能量，那就是爱的能量！

所以，

爱就是方向，不会迷茫。
爱就是灯塔，不会没有方向。
爱就是能量，不会难受。
爱就是你，走到哪里都会绽放光芒！

信念

2015-08-18

91

　　一个人的成功，首先是"信念"的成功！一个人之所以可以成就，是源于无论身处何时何境，信念都是他人生永远无法缺失的最佳伴侣。

　　当一个人取得一些成绩时，鲜花掌声会盈满他的世界，然而在这之前，他的世界大多只是灰暗、冷涩陪他真正走过，甚至是捱过寒夜的只有自己永不磨灭的信念。

　　他勇敢、坚定地相信自己，相信梦想，相信未来，更加无比坚韧地相信自己的信念。哪怕这世界上没有一个人相信他，支持他，甚至是嘲笑反对。

　　因为勇敢，他赢得了恐惧，恐惧为他撑起一盏灯。
　　因为坚定，他赢得了机会，机遇为他撑起一盏灯。
　　因为相信，他赢得了否定，否定为他撑起一盏灯。
　　因为梦想，他赢得了现实，现实为他撑起一盏灯。

因为信念，他赢得了孤独，孤独为他撑起一盏灯。

因为感恩，他赢得了世界，世界为他撑起一盏盏心灯。

因为他只是想做成一些事情，所以他才会成功。

因为他不是想要成功，所以他才会成功。因为在他的信念里始终相信：我从踏着成功的初始点来到人间，成功并非我的追求，而是我与生俱来的资源，我只是正在做自己，实现自己而已，所以，我必然有所成绩。

一个有信念的人，必然是一个更加感恩的人，他臣服于世界，臣服于宇宙，臣服于一花一木、一沙一石。

他虔诚地感恩万有，感恩这世间可见和不可见的一切力量对自己的加持与帮助。

一个有信念的人，一定是一个在自己人生的字典中删除了许多负面、消极、否定词汇的人。

在他的人生信条中，永远是义无反顾地坚定、积极、进取、向上。

一个有信念的人，会让时间来呈现信念的果实，行动的力量，坚韧的无畏。

一个有信念的人，不是一个创造奇迹的人，而他本身就是一个奇迹，会创造出一个又一个令人惊诧的奇迹。

信念将成就我们的人生。

信念将成就我们的事业。

信念将与我们一起成就更多人。

信念将改写铸就一个伟大的时代。

贪

2015-05-14

92

当我们认识到生活中的许多问题主要来源于自己的"贪"，我们开始悔过，而我想说：不要急于悔过，先允许自己的"贪"在这里。

在这里，因为"贪"并非真正的丑恶，重要的是我们形成"贪"字的根本原因是什么。

我们为什么"贪"？
我们怎样才会这样"贪"？
"贪"满足了我们内心的什么？

一个"贪"字害死了无数人，染脏了太多人的心灵，让我们自私自利，为人做事虚假，与真善、无私渐行渐远！

一个"贪"字无非是从自己的内心深深产生过憎恨贫穷，讨厌被人瞧不起，要用金钱来证明。无非是攀比，要比更多人，甚至比所有人拥有的都多得多！害怕穷困饥饿，而要拥有更多更多！

164

　　无论是其中的任何一个原因，这些都是植根在自己内心深处的具有强大能量的一种信念。没有来得及转化成为一个更加让我们人生有动力的正能量，却成了我们思想里的一颗毒瘤，时时提醒我们自己应该如何可以更贪婪，如何做可以得到更多，甚至不惜损害家人或他人的根本利益，或者被迫形成不可挽回的结果。

　　形成这样的思想，很简单。往往有时因为小时候家里穷，吃不上饭，挨饿而导致的物质匮乏；或者姐妹多，父母稍有对另外的兄妹照顾或多爱，夸奖一些而形成的嫉妒；或者，某时某人用瞧不起的话语、眼神刺激到了我们的心灵，而形成的憎恨；或者因为伙伴有什么样子的穿戴，而我们没有，而形成的攀比；等等。一些看似很小的事件，却在我们的心里形成了深深的烙痕，使我们被激发，因此而立下"志向"。

　　这样的"志向"其实是好的，但唯有一点，我们立志是为了更好，绝不是为了证明给谁看，不是为了证明什么，更不是成了我们心灵不平衡，甚至扭曲的砝码，渐渐使我们的心灵失去对美好的追求。无止境的渴望，永不休止的欲望，最后将让自己的身心拖垮！

　　所以，当我们只是看到自己的"贪"时，并不是真正的原因，背后有形成这个"贪"字真正的"小故事"。这些"小故事"才是背后让我们形成如此信念的真正原因。"贪"有的时候是面对财富，有时是面对情感，总是想占有更多。总之，这是一种不正确，只会对人带来更多伤害的信念！

　　我们可以不被当时的恐惧、愤怒和嫉妒所蛊惑，更多地爱自己，让自己的心充满爱与善。正向地去引导自己，去平复自己内在受伤的心灵，才可以真正去除"贪"念。

　　否则，只是因为看到不好的果而去忏悔自己的"贪"，并不足以真正改变，等事情好转了，"贪"又会与你为友。

请允许自己看到自己最深处的那份存在吧！一切会轻易地化解，好好地真正地爱自己、滋养自己吧！不是物质上一味地营养，而更多来自心灵的浇灌、思想的净化，对物质的淡然，才会使一个人真正纯洁的品格之花绽放得无比绚烂！

痛而生慧，信而绽放

———————
2016-10-09

軒

————————————————

92

今天在"能量状态"微群里，我的大学同学兰辉对我说："作为你的大学同学，看了你的生病经历，很心疼你。同时也更开心，你能自己治愈，现在还能无私地帮助更多人。"

我回她道："谢谢兰辉，上天厚爱我，大概从五年级时就让我体验什么是痛，彻骨之痛！从身体骨缝的一节节的疼痛开始，到每次生理期小腹、后腰的疼痛，每次我都会打滚，浑身是汗，脸色惨黄；到心脏不舒服，说不能动就不能动，说喘不上气就闷得不行的无力感；到脊椎，骶棘的痛让我曾不止一次想把自己凿碎重组！到左耳听力下降；到声带失音让我明白失去某一个器官的滋味；让我体验残障人士之痛，而我至少还拥有，却从未感恩它们的每日陪伴；到眼睛结膜突然水肿；到重度鼻炎无言形容的痒痛塞，想撕开鼻子与上腭的那层膜；直到重度抑郁心灰如死，我尝受从身体的骨头到肉的剧痛；到精神心灵的剧痛！最痛时，我痛得无法入睡。每个清晨醒来，我痛得起不来，因为没有一个好地方是不痛的！"

我在这样的日子里走过了三十多年，包括现在我的骶骨也在自愈中。我现在每天都在用我自己的'轩氏免疫力提升操'来自愈自己，已经从整体一片大面积腰骶缩小到只有一个拳头大的痛区了！我告诉我的学员，我之所以可以如此，不是因为我健康，而是因为我痛。就是因为我痛，我才可以知道哪个方法可以治愈哪个部分和可以打通某个部位很清晰。我是用自己的身体验证了所有的方法，我是这一系列方法成功的实验品！所以问我这'轩氏免疫力提升操'为何有如此快速神效，是来自什么理论，我可以毫不夸张地告诉任何一个人，来源于我的剧痛！来源于我的自我实验，亲身实验的全过程体验，没有任何理论。

我是在洗手间里看到的这段文字，也是在蹲位回复的，此刻我的脸颊流满了泪水，我的鼻子淌着鼻涕。这套"轩氏免疫力提升操"自愈了我的长达四五年的重度鼻炎，长达二十八年的痛经，让我开始与疼痛告别。所以，当详细写出来，我还依然无法止住泪水。

这些加在一起无法形容的痛成就了我，造就了"轩氏免疫力提升操"，也让更多人不再受体淤之痛。所以上天爱我，让我因痛极而生慧，而悯天下与我一样的人，让我痛其所痛，悲其所悯，才会因此让自己重生，让更多人受益而重生！这也是为什么我会把"轩氏免疫力提升操"奉献出来的原因。

她看后回复道："择轩，正是你的病痛，你的智慧，你的爱心（这是我大学时体会最深的），成就了你，也帮助了更多的人。"

我回复："因为你的话触动了我，我把全部痛用文字写出来！感谢你一直以来的信任和支持！"

她告诉我："我之所以信你，是因为同学时就发现你心中强大的善良，有爱心的种子。"

是我的敞开、爱、信任、感恩和分享让上天厚爱，我把我所有经历的痛转化成智慧，成为启动自愈他人的神奇方法，所以"痛而生慧"。

前提是，我是痛的，但并未停止让自己爱。

我是痛的，我更加想爱，爱自己、爱他人，爱许多我不曾相识也许永生不会相遇相识的人。

所以，我相信，我深信，我坚信，我笃信！我从不悔自己真诚地给予任何一个人的信任，哪怕他是一个打劫过我的人，哪怕他真的是一个人们眼中的坏蛋流氓，我都愿意让他看到我对他的爱与平静，眼中没有一丝的歧视和贬低。

因为信任是一切爱的前提。

这就是为什么我会有此研创，因为我能看清一切，但不会因为看清而选择不相信。每个人都太需要信任，而不是爱，因为只有信任，才可能孕育纯粹的爱。

信任可以让人改变，信任让我自己绽放，让更多人因我而绽放！

我的三十几年的人生是"痛而生慧，信而绽放"！

个人生命价值完美呈现与自己连接的九个步骤

軒

94

1.发现自己

发现生活中自己客观的存在状态。

2.认识自己

从各个角度、各个方面全方位多维认识自己。

3.了解自己

从意识层面到无意识层面身心灵合一，真正深入了解剖析自己的身体、内心精神、灵性特质。

4.拥抱自己

请真正用心地拥抱自己，完全接纳自己，这个永远不可能完美却可以拥有完整人格的自己。

5.爱自己

像恋爱一样热烈而温暖地爱自己，像渴望南非钻石激活自己的欲望来爱自己，像爱可爱的小动物、小生灵、小孩子一样地怜爱自己，爱自己的一切，哪怕是不完美，哪怕丑陋，抑或是矮小自卑，抑或是贫穷、粗俗。总之，爱自己，狂热地爱这个真实的自己。

6.去除限制性信念

找出各种限制你人生前行的信念，并用一定方法去除、清除它们
。

7.改善提升自己的潜力空间

打破常规，打破自己的旧有思维方式、旧有习惯、旧有的喜好（当然可以有所保留），不断建立新的思维方式（模式），建立新的习惯，重复新的一切行为习惯，并且强化，再加强成为新的模式、程序，不断建立、巩固，不断打破，不断再建立，再巩固，再打破。

8.找到自己的天赋

觉察自己，从生活中，看见自己的天赋所在，相信自己可以创造可能，从内心中去倾听自己的召唤，与内心的自己合一，去捕捉灵感与天赋呈现或闪现的每一丝机会，放大给天赋再现的空间和舞台。尊重自己内心的声音，才会找到自己的天赋，因为每一个人都有独一无二天赋。也只有找到真正属于自己生命的天赋使命，你的灵性生命才可以复活，才可以达到身心合一的宇宙状态。

9.实现自己

把以上九点完全做到，你就可以实现自己，并真正无愧于自己的生命！

透析
金钱的本质

————

2019-02-10

95

　　金钱是一种流动的能量，更是福报的化身。

　　所以，当隐形的福报越来越多时，你所运用和承载的金钱会越来越多。

　　而反之，当福报不够时，金钱就会用各种人们不愿接受的方式让你被动地失去金钱甚至更多，如婚姻、健康、自由乃至生命等！

　　金钱存在的方式就是流经一个又一个的手，周而复始，循环反复。

　　金钱是连接人与人，人与事，人与世界的重要纽带和桥梁，更是转化各种能量方式的重要化学试剂，由金钱置换成一种又一种新的物质，带给人们不一样的各种服务。

　　人们总是操控金钱，而操控欲望越强的人，失去金钱的速度就越快！因为背后的欲望与恐惧加快了金钱流向他人的速度。

　　就像在赛车道上急速下坡一样，恐惧的赛车手无法操控刹车系统，一切将驶向无法预计的状态。

　　所以，必须改变对于金钱的恐惧，太想拥有是源于恐惧，过于拒绝也来源于恐惧。

　　改变对于金钱的信念，更是改变自我的价值感。只有形成正确的财富观念才能真正使金钱流通得更顺畅，像涓涓流淌的江河，而不是河道淤塞干枯的状态。

　　如果说金钱的流动是财富的必然形式的话，那积累福报德行是吸引拥有并能正确大量使用金钱的前提。

　　关于金钱正确的信念价值观则是吸引金钱的磁场。

　　那么，金钱的本质就是拥有正确的金钱价值观，通过隐形的福报使财富积聚并稳定地形成自动流淌的流动态式。

　　所以，格局更大的人生才能吸引承载运用更多财富，并让更多金钱流向社会，福泽社会、利益众生、利益世界，从而不断周而复始地流转。

使命

————

2015-05-21

軒

————————

96

　　或许，只是一个微笑，一个发自心底纯真而淡澈的笑容，就足以让人忘怀。

　　或许，只是一个拥抱，一双张开的爱的双翼，就足以让人感受到有温度的爱。

　　或许，只是一句话语，一句温暖而柔和亲切的问候，就足以让人看见自己的存在。

　　所以，"使命"是什么？

　　使命就是爱！

　　使命说大也大，说小也小，它是每个人都可以时时去做的，而不是什么目标，因为爱不是可以量化的。

　　爱也不是什么目标，爱是你我，爱是每一个人，爱是能量。

　　使命同样，是你我，是每一个人，是能量，去做就好。

　　默默地，不用证明什么，不用量化成数字。

　　凡是爱，凡是使命，如何用数字来衡量、来计算呢？

这世间凡是可以计算的，都不过是过程的进度。真的质变已经完全脱离了量的计算了。

所以，活着、做着、爱着，就是在无目的地践行自己的使命。

只是时时都在心中摆正自己的指针就好。

在觉知中爱着、行着、前进着，就是不断地去实现自己的使命。

使命没有大小，爱没有多少，只要有心就好。

做吧，让自己的能量像蒲公英的种子撒满可以散落的地方，甚至远渡重洋。

爱没有国度，没有时间，没有空间。

使命就是爱！

爱就是使命！

使命是爱的一种呈现，一种表达。

每个人的一生都无法算清自己影响了多少人，多少人因你而触动，而改变。

一生中经历太多相识，熟悉的人，又有太多毫不相识的人，却未必不曾受到过您的影响。

尤其今天，网络、微群的发达、迅速，可以让每个人的作用无限地放大，再放大。

没有任何目的心、毫不功利的人，他的能量会无限大。

扩容主机

2020-05-13

轩

97

　　人就像一部电脑，每个人的显示器不同，主机内存不同，网络信号不同，所以过着完全不同的人生。

　　有的主机可以兼容更大的插件，显示器就自然可以呈现。

　　而有的更高更大的插件，却可以让许多人的主机死机。

　　这到底是谁的问题呢？

　　主机内存就像是人生的格局与福报一样，不升级扩容，却想让自己的386显示超核超G内容！

　　高维的梦想需要匹配升级现实的内核，否则，遇到再高的老师，再牛的贵人，你也只能是失之交臂，终将无缘！

　　你是否有意识到自己的内核需要升级呢？

照镜子

———————
2016-02-14

———————————————

98

　　人生的过程就是照镜子的过程。

　　有人一生照的是哈哈镜，其人一生扭曲虚伪。

　　有人一生照的是显微镜，其人一生谨小自卑。

　　有人一生照的是放大镜，其人一生狂妄自大。

　　却很少有人天天只照等比例的平镜。

　　很多人照见自己的缺点时，往往使用的是显微镜，所以人生没有大的省悟、进步和提升，只能如此轮回。

　　在照见人心和预见未来时，一定要使用平镜，其人一生公正、客观。

　　而有时，在不同事情，不同角度，应该选择不同的镜子。在照见自己缺点改错时，用放大镜；在照见人生的荣耀时，需要鼓励时放大，需要谦卑时缩小。

　　除了照见人心与预见需要平镜，其他时候都要处处调整镜子的凸凹度。

关于臣服的分别之念

————

2017-01-24

轩

————

99

　　我们都不愿意臣服，不愿意臣服于他人他物，更何谈臣服于浩瀚宇宙！

　　我们不愿意臣服于长辈、父母，我们不愿意臣服于丈夫、妻子，我们更不愿意臣服于我们的孩子。

　　我们不愿意臣服于我们的兄弟姐妹，我们更不愿意臣服于我们的亲朋、同学、同事。

　　我们不愿意臣服于我们的师长，我们更加不愿意臣服于我们的上司。

　　我们更加不愿意臣服于年轻于我们的人！

　　我们更加不愿意臣服于学识、地位、财富不如我们的人！

　　我们不愿意臣服于异性，更加不愿意臣服于同性！

　　很多时候，我们爱面子而不臣服。其实，这面子就是内在的标准，是内外分别之念的最大呈现。

　　当我们认为面子很重要时，只能说明，我们活在无明中。

　　因为面子什么也不是，不过是自己心里一杆无形的秤，无时无刻不称来量去，而内心如果无太多分别之念，便无面子可言。

因为我们有太多分别之念，让我们不愿臣服，更无法真正臣服。

我们不知道这所有的一切人和事都是我们自己，是我们自己另外的化身与显现，是累生世里所有的众缘聚合。

这一切的存在与显现都是来助推我们修行的工具，是我们完整人格的工具，是让我们自我内在阴阳平衡、自性圆满的润滑剂。

臣服是圆融自性的根！

这个世界上没有别人，只有我们自己，所有的人和事都是镜子中的我们。

这个世界上没有别人，只有我们自己，我们在浩瀚宇宙中一次次完整地圆融自己，一次次地升级自己。

我们与宇宙同体，当我们深深臣服于浩瀚宇宙，我们便完全融于宇宙，我们就是与宇宙同频的一种显现。

臣服，不是臣服于他人他事，而是臣服于内在的自己。

臣服于自己的宇宙属性——我们的自性！

深深地臣服，让我们远离傲慢。

深深地臣服，让我们转化恐惧。

深深地臣服，让我们更加懂得感恩。

深深地臣服，让我们更加珍惜拥有。

深深地臣服，让我们拥有无边无垠的爱。

深深地臣服，让我们笃定无畏。

深深地臣服，让我们圆融俱足。

深深地臣服，让我们化入宇宙恒久不变。

成熟与不成熟的人

2017-02-27

 轩

100

　　一个真正成熟的人，才是醒着做事做人的人。
　　一个真正成熟的人，才是真正活过此生，而不是人活着，心与灵魂却如沉睡般不自知不自省的人。

　　成熟与不成熟跟生理年龄没有关系。
　　成熟不成熟，就是你能不能站在客观的角度去看待事物，看待他人与自己。
　　成熟不成熟就是能不能把我的世界变成你的世界，变成大家的世界。
　　成熟不成熟就是能不能拥有相对独立正确的积极向上的信念价值观。

　　一、人不成熟就是无论做什么都立即要回报

　　这样的人不懂得只有春天播种，秋天才会收获。他们只是想播种，并且想马上就有收获。

很多人在做事情的时候，刚刚付出一点点，马上就想得到回报，而且心里的价值永远大于自己的付出。

1.永远看不到真正的机会，在真正机会来临前选择掉头离开。因为真正的机会永远是真实的，需要艰辛与过程，而他只想要好的结果，却不想付出时间、经历。如果经历了，也经不起时间过程中的考验，往往在势头开始，即黎明前夕，选择退出离开，人生只有仰望、后悔。

2.总是做梦，想"一夜暴富"
一夜暴富的表现在于，你跟他说任何的生意，他的第一个问题就是"挣不挣钱"；你说"挣钱"，他马上就问第二个问题"容易不容易"；你说"容易"，这时他跟着就问第三个问题"快不快"；你说"快"！这时他就说"好，我做"！幼稚得只想减少投资时间、财力、精力，甚至不投入，不干活只赚钱最好！

二、不成熟的人不知道什么是自律，不懂如何自律，更不愿意自律

不自律主要表现在哪里呢？
不愿改变自己。
不愿意改变自己的思维模式、语言模式和行为模式。
更不愿意改变自己旧的习气。
其实，人与人的能力没有多大区别，区别在于由思维模式的不同而导致的信念价值观的不同。
一件事情的发生，你去问成功者和失败者，他们的回答是不一样的，甚至是完全相悖的。
因为成功者拥有更加正向积极、乐观向上的信念价值观！

三、不成熟的人经常被情绪左右，在自我习气中轮回，无法跳脱

一个人成功与否，取决于五个因素：

1.学会疏导情绪，转变观念。
2.拥有健康的身体状态。
3.拥有良好的人际关系。
4.运用自己的时间做有意义的事。
5.拥有正向积极健康的财富观念，赚钱的能力非常好。
如果你想成功，一定要学会拥有以上这五个因素。

为什么把情绪放在第一位，健康放在第二位呢？一个人要成功，20%靠的是智商，80%靠的是情商。所以，你要疏导好自己的情绪，情绪对人的影响是非常大的。人与人之间，不要为了一点点小事情，就暴跳如雷！或因为自己而经常迁怒于他人，这样会让贵人、机会远离。

四、不成熟的人不愿学习进取，自以为是，没有归零心态

人和动物最大的区别在于：人会学习，人会思考！
人要通过不断学习积累更多优势，积累生世的天赋潜能。
我们向谁去学习呢？向成功人士学习，向你的孩子学习，向优势多于自己的人学习，向古老智慧学习。
你要永远学习积极正面的东西，不要关注那些消极负面的东西。
一旦你吸收了那些消极负面有毒的思想，它会腐蚀你的心灵和人生，乃至你的灵魂、你的家庭，甚至家族。
更重要的不只是学，而是去做到，放下头脑，打开心扉去真正做到。
在这个知识经济的时代里，学习是你通向未来的唯一桥梁。在这样一个速度、变化、危机的时代，你只有不断地学习、践行，你才能在这个时代里创造出更有意义的事业和生活，所以一定要有归零心态的学习。

五、不成熟的人不想承担责任，不想承担压力，但想更多更大地收获

六、不成熟的人做事情、做选择不靠自己的信念，靠他人之言辞

笃定的信念、深深的相信是一切的开始，不忘初心地持续努力是过程，结果只是自然而然的呈现。

很多人做事不靠信念，喜欢听别人怎么说。这样的人对自己所做的事业，没有100%的信心，相信和信念是两个完全不同的概念，相信往往通过不同的方式或人来确认呈现的过程和结果，相信、信念都是看不见的，是人头脑、心里的念头的代名词。只有让自己深深认知，并取得自己内在深度的确认才会形成信念。